GN00738752

arc-en-ciel
cascade

ISBN 978-2-7002-3068-0 • ISSN 1142-8252

L'école d'Agathe

Texte de Pakita
Images de J.-P. Chabot

Nicolas
mène
l'enquête

RAGEOT•ÉDITEUR

Coucou !
C'est moi,
Agathe !

Vous connaissez Nicolas ?
Il dit que, plus tard, il sera
détective !

En vrai il l'est déjà !

Même qu'à l'école, il porte toujours des pulls ou des sweat-shirts **ÉNORMES** !

Et vous savez pourquoi ?

Parce que, dessous, il cache sa ceinture spéciale de détective qu'il ne quitte jamais !

Regardez, je vous l'ai dessinée.

Stylo à encre invisible

Pince chercheuse

Mètre pour mesurer les empreintes

Loupe qui fait lampe

Gourde de menthe à l'eau

Paire de semelles en caoutchouc anti-bruit

Sacs à indices

Appareil photo lanceur de fumée pour disparaître

Perruque pour se déplacer incognito

Téléphone portable ou talkie-walkie

Carnet d'enquêtes avec crayon noir attaché

Elle est super, non ?

Nicolas est devenu détective parce qu'un jour, Suzy, sa sœur, pleurait. Sa Barbie avait **disparu!** Nicolas aime beaucoup Suzy alors il lui a promis :

– Ne t'inquiète pas, je vais la retrouver!!!

Et il a commencé ses recherches. Quand on est détective, cela s'appelle mener une enquête.

Nicolas a fouillé toute la maison avec sa loupe-lampe.

Et vous savez où il a retrouvé la poupée ? Sous le lit de Benoît, leur grand frère. Elle avait les cheveux verts et les bras fondus : Benoît avait fait une expérience chimique !

Il s'est fait gronder par ses parents et pour se venger il a donné un gros coup de poing à Nicolas. Mais c'est ce jour-là que Nicolas a décidé d'être détective.

Pour s'habiller en détective, il a deux imperméables « **caméléon** ».

Un tout vert avec des feuilles en haut pour qu'on le confonde avec un **arbre** au cas où il poursuivrait des voleurs dans la forêt. Et un autre, avec des **briques** dessinées dessus, pour qu'on le confonde avec les murs au cas où il poursuivrait des voleurs en ville.

Un jour, pendant la récré, Nicolas nous a expliqué que son travail était très difficile :

– Imaginez que vous êtes détective. Vous suivez en cachette un voleur... Interdiction de tousser ou de respirer fort ! Vous marchez à pas de velours... Chuuuuuut ! Tout à coup... Oh zut ! Le voleur se retourne. Paf ! Il voit que vous le suivez ! Pfft il se sauve ! Et votre filature est à recommencer !

Et lundi, justement, une **voiture de police** s'est arrêtée devant l'école maternelle.

L'école maternelle touche la nôtre, même que, pendant la récré, ceux qui ont des petits frères et sœurs vont les voir. Moi aussi, j'y vais ! On leur donne des bonbons, des gâteaux, et des bisous à travers la grille !

Dans leur cour, il y a un toboggan, une cabane et des mini-buts de foot en plastique.

– Maîtresse ! Tu sais pourquoi il y a la police à l'école maternelle ? a demandé Nicolas.

– Les mini-buts de football ont **disparu !** a répondu la maîtresse.

– Peut-être qu'ils ont été volés ! On n'a rien pris d'autre, maîtresse ? a continué Nicolas.

La maîtresse a dit que non.

– Hum hum… Très intéressant ! a déclaré Nicolas.

À la récré, Nicolas nous a rassemblés, Théo, Léonard, Louise et moi.

Il a déclaré :

– Je veux mener une **enquête** pour retrouver les mini-buts. Vous êtes d'accord pour m'aider ?

On a tous dit d'accord.

– Alors au travail ! s'est exclamé Nicolas.

Et il a commencé à faire des **hypothèses.**

– Les buts sont tout près de la grille qui sépare nos deux cours. Je suis sûr que les voleurs, pour entrer et pour sortir, ont sauté par-dessus la grille !

– Ils auraient pu passer par la porte, on lui a fait remarquer.

– Non, parce qu'alors le **système d'alarme** se serait déclenché !

Nicolas pense vraiment à tout !

Et puis Léonard a ajouté :

– Les mini-buts étaient exactement de l'autre côté de notre tilleul.

– Bravo ! lui a dit Nicolas. C'est donc par là que nous devons commencer notre enquête. Vite ! Voilà des sacs en plastique et des pinces, maintenant direction le tilleul ! C'est parti pour la recherche d'indices !

On regardait partout si les voleurs avaient laissé des traces quand soudain, Léonard a crié :

– Là, une **empreinte** de pied gauche, et là, une **empreinte** de pied droit !

– Hourra ! Suivons ces traces de pas ! a hurlé Nicolas.

On les suivait quand Louise s'est écriée :

– J'ai trouvé deux papiers de chewing-gum boule !

Nicolas a sorti sa grosse loupe. On s'est rapprochés pour observer nos deux indices.

Donc nos voleurs sont deux et ils aiment les chewing-gums boule !

Bravo Agathe !
Ce sont sûrement des grands enfants parce que les adultes préfèrent les chewing-gums tablette !

Et Nicolas a pris son carnet dans la poche de sa super ceinture pour écrire toutes nos déductions.

CARNET D'ENQUÊTES

ENQUÊTE N° 6 :
La mystérieuse affaire des mini-buts de foot

1) Les voleurs n'ont volé que les buts. **DONC** ces voleurs ne sont pas de grands voleurs dangereux et ils aiment le football.

2) Ils ont des pieds un peu plus grands que les nôtres et ils mâchent des chewing-gums boule. **DONC** ce sont des grands enfants !

– Mais comment les voleurs ont transporté les buts ? a demandé Louise. Ils sont lourds et encombrants !

– On peut les démonter, a expliqué Léonard. Et si on est deux, on peut les transporter facilement.

Léonard est un grand inventeur et il sait toujours comment les choses sont faites !

– Réfléchissons encore ! a repris
Nicolas.

Mais Louise et Théo ont dit :

– Nous, on en a assez de
réfléchir, on va jouer !

Et ils sont partis.

– Ne t'inquiète pas ! j'ai dit à
Nicolas. Léonard et moi, on reste
avec toi !

– Merci ! a répondu Nicolas.
C'est mieux d'être plusieurs pour
résoudre une énigme !

Alors Léonard a dit :

– Les voleurs n'habitent pas tout près de l'école parce que sinon tout le monde reconnaîtrait les buts dans leur jardin.

– Et ils sont frères, voisins ou copains sinon ils n'auraient pas été d'accord pour voler les buts ensemble, j'ai ajouté.

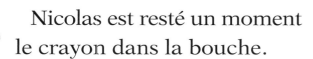

Nicolas est resté un moment le crayon dans la bouche.

– Voyons… si je mélange tous nos renseignements, nos **indices**, nos **déductions**, cela donne : nos voleurs sont deux, ce sont des grands enfants footballeurs, mâcheurs de chewing-gum boule, qui habitent loin de l'école…

– Et qui ne sont pas gentils parce qu'ils volent les jeux des petits ! j'ai ajouté.

– Hum, hum, hum ! Je crois que j'ai une idée ! a annoncé Nicolas. Il y a deux grands au club de foot... Et ils sont jumeaux !

– Tu crois que c'est eux ?

– Un détective n'est pas sûr tant qu'il n'a pas de **preuves** ! nous a répondu Nicolas.

– À qui tu penses ?

– Je vais vous le dire à l'oreille ! Psst psst psst...

Après l'école, Nicolas a demandé à son papa de nous emmener au carrefour des quatre routes, là où habitent Gaëtan et David, les grands frères d'Ève, une petite de moyenne section.

– J'aimerais mieux que tu fasses tes devoirs, Nicolas, plutôt que de jouer au détective ! a dit son papa.

– Mais je ne joue pas, papa ! lui a répondu Nicolas. Je SUIS détective !

Et c'est vrai !

Parce que, devinez quoi ? Les mini-buts étaient bien là !

Et ce matin… Magie ! Ils étaient revenus dans la cour des petits !

Ce sont les jumeaux qui les ont rapportés et ils se sont excusés devant tous les enfants et les adultes de l'école maternelle et de la nôtre ! La vraie honte !

Nicolas ne disait rien, mais il avait l'air fier.

Oh là là! Il est tard! Nicolas vient de me téléphoner. Le chien de sa grand-mère a disparu! Il commence déjà une nouvelle enquête!

À votre avis, le chien s'est enfui ou il a été volé?

Allez bonne nuit, les amis! Et mauvaise nuit, les voleurs!

Achevé d'imprimer en France en juillet 2008
par I. M. E. - 25110 Baume-les-Dames
Dépôt légal : août 2008
N° d'édition : 4761 - 04